AF212222

piccola
18

D. H. Lawrence

La mujer que se fue a caballo

Gallo Nero

www.gallonero.es

Título original:

The Woman Who Rode Away

Primera edición: junio 2011
Segunda edición revisada: enero 2026

© 2026 de la presente edición: Gallo Nero Ediciones, S. L.
© 2026 de la traducción: Julia Osuna Aguilar
Diseño de cubierta: Raúl Fernández
Corrección: Chris Christoffersen
Maquetación: David Anglès

La traducción de este libro se rige por el contrato
tipo propuesto por ACE Traductores

ISBN: 978-84-19168-82-5
Impreso en España
Depósito legal: M-67-2026

traducción de

Julia Osuna Aguilar

La mujer que se fue a caballo

I

Pensó que aquel matrimonio, de entre todos los matrimonios, sería una aventura. Aunque no porque el hombre en sí le produjese lo que se dice magia. Era un individuo menudo y nervudo, un tanto contrahecho, veinte años mayor que ella, de ojos castaños y pelo entrecano, que había llegado a América desde Holanda hacía años, siendo todavía un chiquillo y apuntando maneras de pordiosero. Le habían echado de las minas de oro de todo el oeste hasta acabar en el sur, ya en México, donde ahora era más o menos rico, dueño de minas de plata en lo más recóndito de la Sierra Madre: resultaba obvio que la aventura radicaba en sus circunstancias, no en su persona. Con todo, y pese a los reveses superados, seguía derrochando energía, y lo que había logrado lo había logrado por sus propios medios. Una de esas rarezas humanas fuera de toda contabilidad.

Cuando ella vio en persona lo que el hombre había logrado se le encogió el corazón. Altos cerros vírgenes cubiertos de verde y, en medio de aquel aislamiento inerte, los escarpados montículos rosados del lodo seco de los yacimientos de plata; bajo la desnudez de la explotación, la casa de adobe de una planta, con un huerto en su recinto amurallado y una amplia galería techada tomada por trepadoras tropicales. Y al alzar la vista desde aquel patio en flor enclaustrado, aparecían recortados en el cielo el enorme cono rosa del lodo de plata y la maquinaria de la planta de extracción; nada más.

El portalón de madera, eso sí, solía estar abierto. Y podía ella así salir afuera, al amplio y vasto mundo, y quedarse mirando las grandes lomas vacías recubiertas de árboles que se amontonaban unas tras otras, desde la nada hasta la nada. En otoño estaban verdes; el resto del tiempo, rosadas, resecas y abstractas.

Y en su Ford baqueteado el marido la llevaba a la aldea española olvidada en las montañas, un pueblucho muerto y rematado. Con esa alta y asoleada iglesia muerta, los soportales muertos, la plaza de abastos desahuciada, donde la primera vez que fue había visto un perro muerto en medio de los puestos de carne y el despliegue de verduras, despatarrado como si no hubiese un mañana, sin que nadie se hubiese molestado en retirarlo. Muerte en la muerte.

Todo el mundo hablando con desgana de la plata y enseñando trozos del mineral. Pero la plata se había estancado. La gran guerra tal como vino se fue. El mercado de la plata murió; se cerraron las minas del marido. Pero ambos siguieron viviendo en la casa de adobe a la sombra de los yacimientos, rodeados de flores que a ella nunca le parecían lo bastante floridas.

Tenía dos hijos, niño y niña. El mayor rondaba los diez años cuando ella se despertó del estupor de su pasmo sumiso. Había cumplido ya los treinta y tres, mujer alta de ojos azules y aturdida que empezaba a estar metida en carnes. El marido, menudo, nervudo, recio, contrahecho y ojimoreno, tenía cincuenta y tres años; hombre más recio que el alambre, más tenaz que el alambre, lleno aún de energía, pese al lastre de la caída de la plata en el mercado, y de la extraña impenetrabilidad de su mujer.

Era un hombre de principios, y un buen marido. En cierto modo ella le tenía encandilado; no había llegado a recuperarse nunca de su admiración ciega por la mujer. Sin embargo, en lo esencial seguía siendo un soltero. Había sido arrojado a su suerte a los diez años de edad, soltero ya de crío. Tenía más de cuarenta cuando se casó, y dinero suficiente para casarse dos veces más. Pero su capital era el de un soltero. Era jefe de sus propias obras y el matrimonio era la última y más íntima parcela de sus obras.

Admiraba a su mujer hasta la extenuación: admiraba su cuerpo, todo lo suyo. Y para él siempre sería la deslumbrante californiana de Berkeley que había conocido. Cual jeque, la mantenía custodiada entre aquellos montes de Chihuahua. Velaba por ella como por su mina de plata, y eso es decir mucho.

A los treinta y tres seguía siendo en realidad la chica de Berkeley en todo salvo en el físico. Caso misterioso, el desarrollo de su conciencia se había detenido al casarse, se había parado en seco. Su marido nunca se le presentó como algo real, ni mental ni físicamente. A pesar de esa pasión tardía suya por ella, él nunca había significado nada para la mujer en el plano físico. Era solo en lo moral donde la doblegaba, la rebajaba, la sometía a una esclavitud insuperable.

Así se sucedieron los años, en la casa de adobe en torno al patio soleado, con las minas de plata en el horizonte. El marido nunca paraba quieto. Cuando la plata murió arrendó un rancho algo más allá, a unas veinte millas, y se dedicó a criar marranos de raza, unos animales estupendos; al mismo tiempo, odiaba los cerdos. Era un idealista de tomo y lomo, un escrupuloso que aborrecía con todo su ser el lado físico de la vida. Le encantaba trabajar y trabajar, trabajar y fabricar cosas. Su matrimonio, sus hijos eran algo que fabricaba, una parte del negocio, aunque en ese caso el beneficio fuese sentimental.

Los nervios comenzaron a traicionarla de poco en poco: tenía que salir de allí. Tenía que salir de allí. Así que él se la llevó tres meses a El Paso; y al menos aquello era Estados Unidos.

Pero él siguió ejerciendo su hechizo sobre ella. Los tres meses tocaron a su fin: allí estaba de vuelta, igual que antes, en su casa de adobe entre los eternos cerros verdes o pardorrosados, vacíos como solo alcanza a estarlo lo inexplorado. Daba clases a sus hijos y supervisaba a los mozos mexicanos que tenía por criados. Y de vez en cuando el marido traía visita, españoles, mexicanos y, en ocasiones, blancos.

A él le encantaba tener huéspedes blancos en casa. Y eso a pesar de no tener ni un momento de paz cuando estaban allí. Parecía que su mujer fuese una peculiar veta secreta de mineral de sus yacimientos de cuya existencia nadie debiese saber salvo él. Y a ella la fascinaban los caballeros jóvenes, ingenieros de minas, a los que a veces tenía por invitados. También él quedaba fascinado en presencia de caballeros de verdad; pero era un minero de la vieja escuela, y casado, y si un caballero miraba a su mujer, sentía como si saquearan su mina y hurgasen en sus secretos.

Fue uno de aquellos caballeros jóvenes quien le dio la idea a la mujer. Se encontraban todos al otro lado del gran portalón del patio, contemplando el mundo exterior. Los cerros eternos e inertes estaban verdes de arriba abajo, era septiembre, pasadas las lluvias. No había rastro de nada, salvo de la mina desierta, los yacimientos desiertos y un puñado de barracas de mineros medio desiertas.

—A saber lo que habrá al otro lado de esos grandes cerros pelados —comentó el joven.

—Más cerros —dijo Lederman—. Si le tira por ahí, Sonora y la costa. Por allí, en cambio, encontrará el desierto... por donde vinieron ustedes. Y por el otro lado, cerros y montes.

—Ya, pero ¿qué habita esos cerros y montes? De seguro que hay cosas maravillosas. No se parece a ningún otro lugar de la Tierra: es como estar en la Luna.

—Hay mucha caza, si le apetece pegar unos tiros. Y están los indios, si es que se les puede llamar maravillosos.

—¿Salvajes?

—Bastante.

—Pero ¿amigables?

—Depende. Algunos son bastante bravos, y no dejan que nadie se les acerque. Mataron a un misionero nada más verle. Y donde no llega un misionero no llega nadie.

—Pero ¿qué opina el gobierno?

—Están tan apartados de todo que el gobierno los deja en paz. Y son viejos zorros: cuando les parece que hay un problema mandan una delegación a Chihuahua para presentar una petición formal. El gobierno prefiere dejarlo estar.

—¿Y viven realmente libres, con sus costumbres y su religión de salvajes?

—Sí, claro. Solo utilizan arcos y flechas. Les he visto por la plaza del pueblo, con unos sombreros extrañísimos adornados con flores y un arco en la mano, medio desnudos, salvo por una especie de sayo, incluso con los fríos, paseándose por ahí con sus piernas de salvajes al fresco.

—Pero ¿no se le antoja maravilloso lo que pueda haber ahí arriba, en sus poblados secretos?

—No. ¿Qué podría tener de maravilloso? Los salvajes son salvajes, y todos se comportan casi igual. Son más bien viles y sucios, poco amigos de la higiene, siempre con sus tretas, y bregando por llevarse un bocado a la boca.

—Pero de seguro que tienen misterios y religiones muy, muy viejos... Tiene que ser maravilloso, segurísimo...

—Yo de misterios no sé nada... más bien prácticas deprimentes y paganas, más o menos indecentes. No, no le veo lo maravilloso; y me pregunto cómo puede usted, habiendo vivido como ha vivido en Londres, París o Nueva York...

—Bah, cualquiera vive en Londres, París o Nueva York... —dijo el joven, como si aquello fuese una razón de peso.

Y aquel entusiasmo suyo impreciso y peculiar por unos indios desconocidos halló eco, un eco profundo, en el corazón de la mujer, que sucumbió a un romanticismo ingenuo más candoroso que el de una chiquilla. Sintió que su destino era adentrarse en las guaridas secretas de aquellos indios atemporales, misteriosos y magníficos de las montañas.

Lo mantuvo en secreto. El joven se marchaba, y su marido le acompañaría hasta Torreón, por negocios: estaría fuera unos días. Antes de partir, no obstante, le hizo al marido contarle cosas de los indios: sobre las tribus nómadas parecidas a los navajos que todavía campaban a sus anchas, sobre los yaquis de Sonora y sobre los distintos grupos de los distintos valles del estado de Chihuahua.

Se creía que había una tribu, los chilchui, que vivía hacia el sur, en un valle alto, y que era la tribu sagrada de todos los indios. Aún habitaban entre ellos los descendientes de Moctezuma y de los antiguos reyes aztecas o totonacas, y eran sus ancianos sacerdotes quienes mantenían viva la religión antigua y ofrecían sacrificios humanos... o eso se contaba. Algunos hombres de ciencia habían ido hasta la nación chilchui para volver hechos unos espectros, extenuados por el hambre y la amarga miseria, trayendo consigo un puñado de curiosos objetos de culto bárbaro, pero sin haber visto nada extraordinario en el poblado inhóspito y hambriento de los salvajes.

Aunque Lederman hablaba de todo ello como quien no quiere la cosa, resultaba evidente que algo experimentaba de aquella excitación vulgar ante la idea de salvajes ancestrales y misteriosos.

—¿Cómo están de lejos? —preguntó ella.

—Pues... a unos tres días a caballo..., pasando Cuchitee y una laguna que hay allí arriba.

El marido partió con el joven. La mujer hizo sus alocados planes. En los últimos tiempos, para romper la monotonía de su vida, no había dejado en paz al marido hasta lograr que la dejara ir a montar con él de tanto en tanto. Nunca la habían dejado ir sola. En honor a la verdad, no era una región muy segura: carecía de ley y escrúpulo.

Tenía, no obstante, su propio caballo, y soñaba con ser libre como lo fuera de pequeña, por las colinas de California.

A la hija de nueve años la tenía ahora en un convento minúsculo del pueblo minero español medio desierto que había a cinco millas.

—Manuel —le dijo la mujer al criado—, voy a coger el caballo para ir al convento a ver a Margarita y llevarle unas cosas. A lo mejor hago noche en el convento. Cuide usted de Freddy y de que todo esté en orden hasta que yo vuelva.

—¿Quiere la señora que la acompañe en el caballo del amo? ¿O Juan, si no? —preguntó el criado.

—No, ninguno de los dos. Voy a ir sola.

El joven la taladró con la mirada, en señal de protesta. ¡Ni en sueños debía montar sola la mujer!

—Voy a ir sola —repitió con peculiar y autoritario empaque la mujerona de rostro agradable y tez clara.

El hombre, sin mediar palabra, cedió compungido.

—¿Por qué vas sola, madre? —le preguntó el hijo mientras empaquetaba la comida.

—¿Es que no va a poder una estar sola nunca?, ¿ni por una vez en la vida? —exclamó en una repentina explosión de energía.

El hijo, al igual que el criado, reculó en silencio.

Partió sin miramientos, a horcajadas sobre su fuerte caballo ruano, vestida con un conjunto de amazona de lino recio, la falda de amazona por encima de los calzones de lino, un lazo carmesí sobre la blusa blanca y un sombrero negro de fieltro por tocado. En las alforjas llevaba la comida, una cantimplora militar con agua y una manta indígena atada por debajo de la montura. Con la vista en el horizonte dejó atrás el hogar. Manuel y el pequeño salieron al portalón de entrada para verla marchar. Ni siquiera se volvió para despedirse con la mano.

En cuanto hubo recorrido una milla o así, sin embargo, abandonó el agreste camino para torcer a la derecha por un sendero que daba a otro valle, subía por quebradas y se adentraba bajo grandes árboles hasta otro asentamiento minero abandonado. Era septiembre, el agua corría a sus anchas por el arroyuelo que en otros tiempos había abastecido a la mina ahora desahuciada. Desmontó para beber y dejó que también el caballo se refrescase.

Vio a unos indígenas acercarse por entre los árboles, ladera arriba. La habían visto, y la observaban con detenimiento. Ella se quedó a su vez mirándoles. Los tres, dos mujeres y un joven, estaban dando un gran rodeo para no pasar demasiado cerca de ella. No le importaba. Montó y partió al trote, en pos del valle silencioso, más allá de los yacimientos de plata, más allá de todo rastro de explotación. Todavía quedaba una senda peñascosa para llegar, entre rocas y pedruscos, al valle posterior. Ya había pasado por ella con su marido y sabía que más allá debía ir hacia el sur.

Era extraño pero no tenía miedo, siendo como era una región temible: los silentes despeñaderos de apariencia letal, los indígenas esporádicos entre los árboles en la distancia, suspicaces y escurridizos, las aves carroñeras que de tanto en tanto acechaban en el cielo como moscas gigantes, a lo lejos, en torno a alguna carroña, un rancho o un puñado cualquiera de chozas.

A medida que ascendía, los árboles eran más bajos y la senda atravesaba matorrales de espino desbordados de correhuelas azules y alguna que otra enredadera de campanillas rosas. Al poco tiempo las flores empezaron a escasear: se acercaba a los pinos.

Estaba en la cima de la cresta y, ante ella, otro silencioso valle vacío recubierto de verde. Era mediodía pasado. Cuando el caballo se fue hacia un regato de agua, decidió desmontar para tomar la comida del mediodía. Contempló en silencio el valle inanimado y muerto en vida y, al sur, los picos escarpados de los montes, que se elevaban por entre rocas y pinos. Descansó durante dos de las horas más calurosas del día mientras el caballo pastaba a su alrededor.

Curioso: no se sentía ni asustada ni sola. Es más, la soledad le resultaba como el trago de agua fría para el muerto de sed. Y una extraña euforia la amparaba por dentro.

Prosiguió camino hasta la noche, cuando acampó en un valle junto a un arroyo, en la espesura del matorral. Había visto ganado y se había cruzado con varios rastros. Debía de haber un rancho no muy lejos. Aunque oyó el extraño chillido lastimero de un puma y la respuesta de unos perros, allí junto a su pequeña hoguera en una especie de hondonada secreta, no se sintió realmente asustada. La rara euforia que burbujeaba en su interior la mantenía todo el rato a flote.

Hizo mucho frío antes del alba. Envuelta en su manta, se quedó mirando las estrellas, escuchando las tiritonas del caballo y sintiéndose como una mujer que ha muerto y ha pasado a mejor vida. No estaba segura de no haber oído un gran estruendo en el centro de sí misma durante la noche, un estruendo que era el de su propia muerte; o tal vez el estruendo hubiese sido en el centro de la tierra y significase algo grande y misterioso.

Se levantó con el primer rayo de luz, entumecida por el frío, e hizo un fuego. Comió a toda prisa, le dio al caballo unos trozos de torta de colza y emprendió de nuevo la marcha. Evitó cualquier encuentro y, dado que no se encontró con nadie, resultó evidente que también a ella la evitaban. Llegó por fin a la altura de la aldea de Cuchitee, con sus casas negras de tejados rojizos, apenas un deprimente y sombrío puñado bajo otra mina silenciosa abandonada tiempo atrás. Y más allá, una larga y ancha ladera que se elevaba verde y luminosa hasta el verde más oscuro y enmarañado de los pinos. Y más allá de los pinos, hileras de roca pelada contra el cielo, roca ya cuarteada y listada con blancas estrías de nieve. En lo más alto habían empezado a caer nieves nuevas.

Y en esos momentos, cuando ya más o menos se acercaba a su destino, empezó a sentirse extraviada y desanimada. Había pasado por la laguna rodeada de álamos temblones que amarilleaban ya y cuyos blancos troncos eran redondos y suaves como los brazos redondos y blancos de algunas mujeres. ¡Qué sitio más bonito! De haber estado en California la habría entusiasmado; allí, en cambio, lo contempló y vio que era bonito, pero le dio lo mismo. Estaba agotada y llevaba a las espaldas dos noches durmiendo sola y al raso, le temía a la noche que tenía por delante. No sabía adónde iba, o qué andaba buscando. El caballo avanzaba a duras penas, pesado el paso, hacia aquella pendiente imponente e inmensa, a través de una vereda de piedra. Si le hubiese quedado algo de fuerza de voluntad habría dado media vuelta, de regreso a la aldea, para que la cobijasen y la mandasen de nuevo con su marido.

Pero no le quedaba voluntad alguna. El caballo atravesó salpicando un riachuelo y empezó a remontar un valle bajo enormes álamos negros que amarilleaban. Debía de estar a casi tres mil metros sobre el nivel del mar, y tenía la cabeza ida por la altitud y el cansancio. Más allá de los álamos veía a los lados los escarpados costados de las pendientes que la cercaban, de afilado plumaje de álamo temblón superpuesto y, más arriba, de pino y pícea puntiaguda y retoñante. El caballo avanzaba cual autómata. En aquel valle cerrado, en aquella vereda mínima solamente se podía ir hacia delante y hacia arriba.

De pronto el caballo se encabritó, y tres hombres con mantones oscuros aparecieron ante ella en el camino.

—*¡Adiós!*[1] —la saludaron con la voz sonora y mesurada de los indios.

—*¡Adiós!* —respondió ella con su voz confiada de mujer estadounidense.

—¿Pa' dónde va? —le preguntaron sosegadamente en español.

Los hombres de los sarapes oscuros se habían acercado, y la miraban desde abajo.

—Allá derecho—respondió con frialdad, en su tosco español sajón.

Para ella no eran más que indígenas: hombres corpulentos y carioscuros con sarapes oscuros y sombreros de paja. Habrían sido idénticos a los hombres que trabajaban para su marido de no ser por la extraña cabellera negra que les caía por los hombros. Observó aquella larga melena negra con cierta distancia. Aquellos debían de ser los indios salvajes que había andado buscando.

---

1 «Adios» en el original. [N. de la T.]

—¿De dónde viene? —le preguntó el mismo hombre. Siempre hablaba él. Era joven, con unos grandes ojos negros y brillantes, vivarachos, que la miraban de soslayo. Tenía en la cara tostada un mostacho negro y un ralo matojo de barba, apenas unos cuantos pelos sueltos por la barbilla. El largo pelo negro, lleno de vida, le colgaba sin ataduras por los hombros. Era oscuro de piel, sí, pero tampoco parecía haberse lavado hacía poco.

Sus dos acompañantes eran iguales, aunque mayores, vigorosos y callados. Uno tenía una delgada línea negra por bigote, pero sin barba; al otro las mejillas despejadas y unos cuantos pelos morenos le remarcaban las líneas del mentón con la barba característica de los indios.

—Vengo de lejos —respondió con una evasiva medio jocosa.

Le respondieron con el silencio.

—Pero ¿dónde vive? —preguntó el joven con la misma insistencia sosegada.

—Al norte —respondió alegremente.

Hubo un nuevo momento de silencio. El joven conversó con el mismo sosiego, en indígena, con sus dos acompañantes.

—¿Adónde quiere llegar por ahí arriba? —le preguntó, con un tono repentino de desafío y autoridad, al tiempo que señalaba por un momento la vereda.

—A los indios chilchui —contestó la mujer secamente.

El joven la miró. Tenía los ojos rápidos y negros, e inhumanos. Vio a la luz del anochecer la vaga infrasonrisa de seguridad en la cara más bien grande, serena y de tez lozana de la mujer; las líneas azuladas de cansancio bajo sus grandes ojos azules; y en esos ojos, cuando ella le miraba desde su montura, una confianza medio infantil, medio arrogante en su poder de mujer; pero, también en esos ojos, una curiosa mirada de trance.

—*¿Usted es señora?*[2] ¿Es casada? —le preguntó el indio.

—Sí, soy casada —se complació en contestar.

—¿Tiene hijos?

—Marido y dos hijos, un niño y una niña.

---

2 En español en el original. Esta formulación, que para el lector hablante de español peninsular podría resultar confusa, es corriente en México.

Los diálogos del indio intérprete se han querido traducir al español de México por tratarse de la voz de un personaje de dicho país y evitar falsear la ambientación al escuchar a unos indios mexicanos hablar en el español de España, por más que sea una voz ficticia imaginada por el autor. Para ello he contado con la ayuda de la editora y traductora mexicana Dulce María López Vega. [N. de la T.]

El indio se volvió hacia sus acompañantes y tradujo a aquel idioma bajo y gorjeante como una corriente de agua subterránea. Saltaba a la vista que no salían de su asombro.

—¿Y dónde está su marido? —le preguntó el joven.

—¿Quién sabe? —replicó la mujer muy resuelta—. Se ha ido de viaje una semana, por trabajo.

Los ojos negros la penetraban. Su agotamiento apenas le permitió una sonrisa apagada, con el orgullo de su aventura particular y la confianza de su femineidad particular y el hechizo de la locura que la tenía poseída.

—¿Y qué quiere hacer? —le preguntó el indio.

—Quiero visitar a los indios chilchui... ver sus casas y conocer a sus dioses.

El joven se volvió para traducir a toda prisa y se produjo entonces un silencio casi de consternación. Los solemnes ancianos la miraban de soslayo, con extraños ojos, desde debajo de sus sombreros engalanados; al cabo le dijeron algo al joven con profundas voces cavernosas.

Este último titubeó un último momento antes de dirigirse de nuevo a la mujer:

—¡Bueno, pues vayamos! Aunque no llegaremos hasta mañana. Esta noche vamos a tener que acampar.

—¡Bueno! —respondió ella—. No tengo problema en acampar.

Así sin más, prosiguieron la ascensión a buen paso por la vereda pedregosa. El indio joven corría a la altura de la cabeza del caballo de la mujer, mientras que los otros dos iban a la zaga. Uno de ellos había cogido una vara gruesa y a cada tanto le pegaba al caballo un sonoro golpe en la grupa para que aligerara el paso. El caballo se encabritaba entonces, y la mujer a punto estaba cada vez de caerse de la montura; con lo cansada que se sentía, aquello la hacía enfurecer.

—¡Estese quieto! —gritaba volviéndose y mirando con cara de pocos amigos al individuo. Al encontrarse con los grandes ojos negros y brillantes del indio, le flaqueó el ánimo por primera vez. Los ojos del hombre no se le hacían humanos, y no la veían como a una mujer blanca y hermosa. La observaban con una mirada negra, brillante e inhumana que no veía en ella a mujer alguna; como si fuese un ser extraño e inexplicable, incomprensible para él, pero hostil. Iba aturdida sobre su montura, sintiendo una vez más como si hubiese muerto. Y una vez más arreó el hombre al caballo, y recibió otra fuerte sacudida en la silla.

La embargó toda su rabia apasionada de mujer blanca malcriada. Tiró de las riendas para frenar al animal y se volvió echando chispas por los ojos hacia el hombre que iba junto a la brida:

—Dígale a su amigo que no vuelva a tocar mi caballo —le increpó.

Cruzó la mirada con la del joven, y en su negra y brillante inescrutabilidad distinguió un tenue centelleo, como en un ojo de serpiente, de burla. Habló con el compañero que iba detrás, en los tonos bajos de los indios. El hombre de la vara le escuchó sin mirar. Acto seguido, dándole una extraña voz al caballo, volvió a pegarle en las posaderas e hizo que saliese brincando vereda de piedra arriba entre espasmos, desperdigando pedruscos a su paso y haciendo botar a la cansada mujer sobre la silla.

Una rabia loca le cruzó los ojos y se le fue el color de las mejillas. Bregó enfurecida hasta controlar el caballo. Pero antes de que pudiera darse media vuelta, el indio joven agarró las riendas por debajo del pescuezo del animal, tiró de ellas hacia delante y se puso a guiarlo a trote rápido.

La mujer se sintió indefensa. Y junto con aquella rabia infinita suya le sobrevino un ligero escalofrío de júbilo. Supo que estaba muerta.

El sol se estaba poniendo, una fuerte luz amarilla inundaba los últimos álamos temblones y enardecía los troncos de los pinos; las agujas de los árboles se erizaban y sobresalían con un lustre oscuro, al tiempo que las rocas despedían una aureola sobrenatural. Y a través de toda esa refulgencia el indio que iba en cabeza trotaba sin descanso, con su manto negro al viento y sus piernas desnudas resplandeciendo en una rojura transfigurada bajo la poderosa luz, y, sobre el torrente de pelo negro, aquel sombrero de paja brillando pomposamente con sus medio disparatados adornos de flores y plumas. De vez en cuando le daba una voz baja al caballo y entonces el otro indio, el de detrás, le propinaba al animal un nuevo varazo.

La luz prodigio se desvaneció de las montañas, y sobre el mundo empezaron a caer las sombras con una fría brisa de resuello. En el cielo una media luna luchaba contra el destello del oeste. Unas sombras enormes se cernieron desde los pedregosos despeñaderos. Se oía agua correr. La mujer solo era consciente de su cansancio, su cansancio inenarrable y el frío viento de las alturas. No se dio cuenta de cómo la luz de la luna relevaba a la del día. Ocurrió mientras viajaba inconsciente por el agotamiento.

Viajaron varias horas a la luz de la luna, hasta que de repente hicieron un alto. Los hombres conversaron un momento en voz baja.

—Vamos a acampar aquí —anunció el joven.

La mujer esperó a que la ayudase a desmontar, pero él se limitó a sostener la brida del caballo. Estuvo a punto de caerse de la montura, de tan cansada como estaba.

Habían escogido un claro a los pies de unas rocas que todavía despedían algo de calor del sol. Un hombre cortó ramas de pino y otro formó pequeños parapetos con las ramas contra la roca y fabricó un lecho con fronda de abeto. El tercero hizo un fuego bajo para calentar unas tortillas de maíz. Trabajaron en silencio.

La mujer bebió agua. No quería comer, tan solo echarse.

—¿Dónde duermo yo? —preguntó.

El joven le señaló uno de los cobijos. Se arrastró hasta él y yació inerte. Le era indiferente lo que le pasara, estaba tan cansada y tan por encima de todo... A través de los palos de pícea podía ver a los tres hombres en cuclillas alrededor del fuego, masticando las tortillas que cogían de las brasas con sus dedos morenos y bebiendo agua de una calabaza. Hablaban en voz baja, mascullando, entre largos intervalos de silencio. La silla y las alforjas de la mujer no estaban muy lejos del fuego, sin abrir, sin tocar. A los hombres no les interesaban ni ella ni sus pertenencias. Estaban allí agazapados con sus sombreros puestos, comiendo, comiendo mecánicamente, como animales, con los flecos de los oscuros sarapes barriendo el suelo por delante y por detrás, y esas robustas y morenas piernas suyas desnudas y en cuclillas como las de un animal, dejando entrever el sucio blusón blanco y esa especie de taparrabos que llevaban debajo por único atavío. Y no dieron mayor muestra de interés por ella que si hubiese sido una pieza de venado que se hubiesen cobrado y hubiesen colgado en un cobijo antes de llevarla a casa.

Pasado un rato se cuidaron de apagar bien el fuego y se metieron en sus cobijos. Al escudriñar desde detrás del parapeto de ramas experimentó un momento de pánico y ansiedad ante la visión de las formas oscuras que cruzaban en silencio la luz de la luna. ¿La atacarían ahora?

Pues no. Era como si la ignorasen. Habían maneado el caballo; lo oía renquear, cansado. Todo era silencio, silencio serrano, frío, mortal. Dormía, se despertaba y se dormía en un estado semiconsciente de entumecimiento por el frío y el cansancio. Una noche larga, larga, helada y eterna, y ella, sabedora de que había muerto.

II

Con todo, cuando notó el movimiento y un chasquido de piedra y acero, y vio la forma de un hombre agachado como perro sobre hueso ante un rojo chisporroteo de fuego, supo que se estaba haciendo de día y le pareció que la noche había pasado demasiado rápido.

Esperó a que el fuego estuviese hecho para salir del cobijo, con el único deseo cierto que le quedaba: café. Los hombres estaban calentando más tortillas.

—¿Podemos hacer café? —preguntó.

El joven miró a la mujer y ella vislumbró la misma centella desvaída de burla en sus ojos.

—Nosotros no tomamos. No hay tiempo —le contestó el joven sacudiendo la cabeza.

Y los mayores, en cuclillas, alzaron la vista para verla en el terrible y macilento amanecer, y en sus ojos ni tan siquiera había burla; solo aquel brillo inhumano intenso, aunque remoto, que tan terrible le resultaba a ella. Eran impenetrables, y totalmente incapaces de ver en ella a una mujer: como si no fuese una mujer, como si acaso ser blanca le arrebatase toda femineidad y la redujese a una hormiga hembra gigante y blanca. Eso era lo único que veían en ella.

Antes de que asomase el sol, cabalgaba ya de nuevo sobre la montura, y subían un repecho contra el viento de hielo. El sol llegó, y no tardó en sentirse acalorada, expuesta como estaba al relumbre de los parajes desnudos. Le daba la sensación de estar escalando el techo del mundo. Más allá tajos de nieve cortaban el cielo.

En el trascurso de la mañana llegaron a un punto en el que el caballo no pudo proseguir la marcha. Descansaron un rato con un gran corte de roca viva frente por frente, como el pecho lustroso de alguna bestia terrena. Tenían que seguir por el otro lado, por una grieta vacilante. Se le antojó una tortura de horas, en un avanzar a gatas interminable de grieta en hendidura a lo largo de la cara sesgada de aquella montaña, roca en estado puro. Mientras que un indio delante y otro indio detrás caminaban lentamente, erguidos, calzados solo con sandalias de cuero trenzado, ella, con sus botas de montar, no se atrevía ni a andar derecha.

Lo que ella se iba preguntando todo el tiempo, sin embargo, era por qué se empeñaba en seguir agarrándose y gateando por aquellas kilométricas láminas de roca. Por qué no tirarse sin más y acabar con todo. Tenía el mundo a sus pies.

Cuando por fin salieron a una pendiente pedregosa miró hacia atrás y vio al tercer indio cargado con su montura y sus alforjas a la espalda, todo ello colgando de un cinto que le cruzaba la frente. Y llevaba el sombrero en la mano mientras avanzaba lentamente, con el lento, suave y pesado caminar del indio, sin titubeos por los resquicios de la roca, como si recorriera un arañazo en el escudo de hierro de la montaña.

La pendiente pedregosa caía en picado. Los indios daban muestras de una creciente excitación; uno de ellos iba por delante a paso ligero, desapareciendo tras los recodos de piedra. Y el camino se retorcía y descendía, hasta que al final, bajo la luz cegadora del sol de media mañana, atisbaron un valle más abajo, entre paredes de roca, como en una especie de gran zanja recortada en los montes: un valle verde con un río, árboles y ramilletes de casas bajas y centelleantes. Era todo diminuto y perfecto un kilómetro más abajo; incluso el puente plano sobre el arroyuelo, y la plaza con las casas alrededor y los edificios mayores agrupados en extremos opuestos, los altos álamos negros, los pastos y las franjas de maíz amarillo pajizo, las manchas de ovejas o cabras marrones a lo lejos, por las laderas, y los cercados a la vera del agua. Allí estaba, todo menudo y perfecto, desprendiendo la misma magia que desprendería cualquier otro sitio visto desde lo alto de las montañas. Lo insólito era que las casas brillaban de lo blancas que eran, blanco de cal, como cristales de sal o de plata. Aquello la asustó.

Emprendieron el largo y sinuoso descenso por los barrancos siguiendo el cauce del arroyo. Al principio era todo roca, hasta que asomaron los pinos y, al poco, los álamos temblones de ramaje argento. Eclosionaban por doquier las flores del otoño, grandes flores rosas parecidas a las margaritas, y blancas, y montones de flores amarillas. Pero tuvo que sentarse a descansar, estaba tan cansada... Veía borrosas las flores de colores brillantes, como si se cernieran sobre ellas sombras pálidas, como las vería alguien que ha muerto.

Por fin aparecieron la hierba y los pastos ondulados entre los temblones entreverados de pinos. Un pastor, desnudo bajo el sol salvo por el sombrero y el taparrabos de algodón, apacentaba sus ovejas marrones. La mujer y el indio joven se sentaron a esperar en una arboleda. El que llevaba la montura también se había adelantado.

Oyeron que alguien venía. Eran tres hombres con unos bonitos sarapes en rojo, naranja, amarillo y negro y brillantes tocados de plumas. El más anciano llevaba el pelo gris trenzado con pieles y el sarape rojo, naranja y amarillo cubierto con unas curiosas pintas negras, como piel de leopardo. Los otros dos no tenían el pelo cano pero también eran mayores, aunque sus mantos eran rayados y sus tocados menos elaborados.

El indio joven compartió con los ancianos unas cuantas palabras sosegadas. Escucharon sin responder ni mirarles ni a él ni a la mujer, con las caras vueltas y los ojos clavados en el suelo, solamente escuchando. Por fin se volvieron y miraron a la mujer.

El anciano jefe, o el curandero o quien fuese, tenía un rostro de arrugas profundas y surcos color bronce oscuro, con apenas unos pelos sueltos alrededor de la boca. Por los hombros le colgaban dos largas trenzas de pelo cano, entrecruzadas con pieles y plumas de colores. Y así y todo, lo único que importaba eran sus ojos; eran negros y de una extraordinaria fuerza penetrante, sin el menor ápice de duda en su poder diablesco e impávido. Escrutó en los ojos de la mujer blanca con una mirada prolongada y penetrante, sin que ella supiese qué buscaba. Hizo acopio de todas sus fuerzas para sostener la mirada del anciano sin bajar la guardia. Pero de nada sirvió. No la miraba como un ser humano mira a otro. Ni siquiera reparó en su resistencia y su desafío, miró más allá de ambos, sin que ella supiese hacia qué.

Comprendió que no tenía sentido esperar amago alguno de comunicación humana por parte de aquel ser anciano, que se volvió entonces para intercambiar unas palabras con el indio joven.

—Quiere saber qué busca usted aquí —tradujo el joven al español.

—¿Yo? ¡Nada! Solo he venido a ver cómo es esto.

Tras oír la traducción el anciano la miró una vez más para luego volver a hablar en su tono susurrante con el joven.

—Quiere saber por qué ha abandonado su hogar entre los hombres blancos. ¿Es que quiere traer al dios del hombre blanco a los chilchui?

—No —respondió sin miramientos—. Yo misma vengo huyendo del dios del hombre blanco. He venido en busca del dios de los chilchui.

Siguió un silencio profundo a la traducción de lo dicho. Acto seguido el anciano retomó la palabra en un hilo de voz casi de agotamiento.

—¿La mujer blanca busca a los dioses de los chilchui porque está cansada de su propio dios? —le preguntaron.

—Sí, así es. Está harta del dios del hombre blanco —respondió la mujer pensando que eso era lo que querían oír. No le importaría servir a los dioses de los chilchui.

Se dio cuenta de la extraordinaria sensación de triunfo y regocijo que recorrió a los indios en el tenso silencio que siguió a la traducción de sus palabras. Todos la miraron entonces con esos ojos negros y penetrantes suyos, en los que vio destellar un frío asomo de codicia que no comprendió. La más desconcertada era ella, pues nada había en aquella mirada de sensual o sexual; tenía una terrible pureza destellante que la superaba. La mujer sintió miedo; de hecho, el pavor la habría paralizado si no fuese porque algo había muerto en su interior, dejándola apenas con un asombro frío y cierta alarma.

Los ancianos hablaron un rato más, hasta que dos de ellos se fueron y la dejaron con el joven y el jefe más anciano; este último la miraba ahora con cierta solicitud.

—Pregunta si está cansada —tradujo el joven.

—Mucho.

—Los hombres van a traerle un carruaje —le explicó el indio joven.

El carruaje, cuando hizo su aparición, resultó ser una litera consistente en una especie de hamaca de frisa oscura que colgaba de un palo apoyado en los hombros de dos indios de largas cabelleras. Extendieron la hamaca de lana sobre el suelo, la mujer se sentó encima y los hombres alzaron el palo hasta los hombros. Balanceándose como si más bien la llevaran en un saco, atravesaron con ella la arboleda, siempre detrás del jefe anciano, cuyo manto de motas de leopardo producía un curioso movimiento bajo la luz del sol.

Salieron a la vaguada. Justo enfrente crecían los maizales, con mazorcas ya maduras. El cereal no era muy alto en aquellas altitudes. La senda trillada lo atravesaba, y la mujer apenas lograba entrever la figura erguida del viejo jefe, quien, con su sarape negro y llama, andaba con soltura, gravedad y rapidez, la cabeza al frente, sin mirar ni a izquierda ni a derecha. Detrás iban los porteadores, que caminaban al compás, con la larga melena azabache reluciendo como un río sobre los hombros desnudos del que iba delante.

Dejaron atrás el maizal y llegaron ante una gran pared o terraplén de tierra y ladrillos de adobe. Las puertas de madera estaban abiertas. Al franquearlas se adentraron en un entramado de huertecitos llenos de flores, hierbas y árboles frutales, cada uno regado por una pequeña acequia de agua del arroyo. Entre cada ramillete de árboles y flores había una casita blanca destellante, sin ventanas y con la puerta cerrada. Todo el lugar era un entramado de sendas, regatos y puentecillos entre huertos cuadriculados en flor.

Por el camino principal —una vía estrecha y agradable entre hojarasca y hierba, senda alisada por siglos de pies humanos, sin pezuña de caballo ni rueda que la desfigurase— llegaron al riachuelo de aguas brillantes y vivas, que atravesaron por un puente de troncos. Todo estaba en silencio: no se veía ni un ser vivo a la redonda. El camino continuaba bajo unos espléndidos álamos negros hasta que iba a dar, inesperadamente, a la plaza central del pueblo.

Se trataba de una amplia elipsis de casas bajas y blancas con tejados rectos en cuyos extremos, como mirándose de reojo el uno al otro, se levantaban dos edificios algo mayores que parecían formados por pequeños cubículos apilados sobre otros más anchos y altos. Todas las casas eran de un blanco mareante, salvo por las grandes puntas redondeadas de las vigas que asomaban bajo los aleros planos, y por los tejados planos. A la vuelta de cada edificio grande, fuera ya de la plaza, había una cerca de madera que encerraba un jardín con árboles, flores y varias casitas.

Ni un alma a la vista. Anduvieron en silencio entre las casas de la plaza central, desnuda y árida, con la tierra del suelo trotada por infinitas generaciones de pies andantes, andantes de una puerta a otra. Todas las puertas de las casas sin ventanas daban a aquella plaza en blanco, pero todas estaban cerradas. Había leña junto al umbral y un horno de arcilla aún humeante, pero ni rastro de vida o movimiento alguno.

El anciano atravesó en línea recta la plaza hasta el caserón del extremo, con dos plantas superiores que, al igual que en los juegos de construcciones, eran más pequeñas conforme más alto estaban. Por fuera unas escaleras de piedra llevaban hasta el tejado del primer piso.

Los porteadores de la litera se detuvieron a los pies de la escalera y bajaron a la mujer al suelo.

—Tiene que subir —le dijo el indio que hablaba español.

Ascendió por los peldaños de piedra hasta el techado de barro de la primera casa, que formaba a la vez una galería alrededor del muro de la segunda planta. Siguió por esa galería hasta la parte de atrás del caserón y, una vez allí, volvieron a bajar, a un jardín que había detrás.

Hasta el momento no habían visto a nadie. Pero entonces aparecieron dos hombres con la cabeza descubierta y largas cabelleras trenzadas que vestían una especie de blusón blanco remetido por el taparrabos. Acompañaron a los tres recién llegados por el jardín, en el que brotaban flores rojas y flores amarillas, hasta una casa baja y alargada a la que entraron sin llamar.

El interior estaba en penumbra y se escuchaba un murmullo bajo de voces masculinas. Había varios hombres presentes, se distinguían sus blusones blancos en la penumbra; los rostros morenos, en cambio, eran invisibles. Estaban sentados sobre un largo tronco de madera vieja que iba de una punta a otra de la pared del fondo y, salvo por aquel madero, la habitación parecía vacía. Aunque no, en la oscuridad de un rincón había un jergón, una especie de lecho sobre el que había alguien echado y tapado con pieles.

El indio anciano del sarape moteado que la había acompañado hasta allí se despojó entonces del sombrero, el manto y las sandalias. Dejándolos a un lado, se acercó al jergón y habló en voz baja. La respuesta tardó en llegar. Acto seguido, cual visión se incorporó un viejo con una melena nívea que le colgaba a ambos lados de la cara apenas visible; se quedó recostado sobre un codo y miró nebulosamente a los que le rodeaban, en un silencio tenso.

El indio de pelo gris volvió a hablar, y al cabo el joven cogió a la mujer de la mano y la hizo pasar. Vestida aún con su ropa de montar de lino, las botas y el sombrero negros y el guiñapo rojo que llevaba ya por lazo, permaneció allí inmóvil ante el lecho de pieles del viejo viejísimo, que seguía incorporado sobre un codo e inclinado hacia ella para observarla, lejano como un espectro, con el pelo blanco en caóticos afluentes y el rostro casi negro, pero con una determinación distante que no era de este mundo.

Tenía la cara tan vieja que parecía cristal oscuro, y de los labios y la barbilla le brotaban unos escasos caracoles blancos bastante insólitos. Los largos tirabuzones blancos le caían sueltos y desordenados a ambos lados del vidrioso rostro moreno. Y bajo una desvaída línea de cejas blancas los ojos negros del viejo jefe la miraban como desde la muerte lejana, lejanísima, viendo algo que nunca habría de ser visto.

Por fin articuló unas palabras cavernosas y profundas, como si le hablase al aire oscuro.

—Pregunta si trajo usted su corazón al dios de los chilchui —tradujo el indio joven.

—Dile que sí —respondió como una autómata.

Se produjo una pausa. El viejo volvió a hablar, como al aire. Uno de los hombres que estaban presentes salió. Había un silencio como de eternidad en aquella habitación tenebrosa apenas iluminada por la puerta entreabierta.

La mujer miró a su alrededor. En el tronco pegado a la pared frente a la puerta había sentados cuatro ancianos de pelo gris. Otros dos hombres estaban plantados, poderosos e impasibles, al lado de la puerta. Todos ellos llevaban largo el pelo y vestían blusones blancos remetidos por el calzón. Las piernas, vigorosas y morenas, estaban al aire. Había un silencio igual que eternidad.

Por fin regresó el hombre, con unas ropas blancas y oscuras echadas por encima del brazo. El joven indio las cogió, se las tendió a la mujer y le dijo:

—Tiene que quitarse su ropa y ponerse esta.

—Cuando salgan todos los hombres —respondió ella.

—Nadie le hará daño —le dijo muy sereno.

—No mientras sigan ustedes aquí.

El indio miró a los dos hombres que había en la puerta y que al instante se adelantaron para agarrarla por los brazos, sin hacerle daño pero con mucha fuerza. Se le acercaron luego dos de los ancianos y con insólita destreza le cortaron las botas de arriba abajo con unos cuchillos muy afilados, se las quitaron y le rasgaron la ropa, que se le desprendió. En cuestión de segundos quedó expuesta en toda su blancura. El anciano del lecho habló y la giraron en redondo para que la pudiese contemplar bien. Volvió a decir algo y el indio joven quitó con maña las horquillas y la peineta del pelo claro de la mujer, que le cayó sobre los hombros en un moño desmadejado.

El anciano habló una vez más y el indio la llevó ante el lecho. El viejo encanecido de moreno vidrioso se humedeció la punta de los dedos y con gran delicadeza le tocó los pechos, el torso y la espalda; y a cada vez la mujer sintió un extraño estremecimiento cuando las yemas le recorrían la piel, como si la Muerte en persona la estuviese tocando.

Y se preguntó, casi con pena, por qué no sentía embarazo en su desnudez. Solo sentía tristeza y extravío. Nadie parecía avergonzado, en realidad. Los ancianos, todos oscuros y tensos, experimentaban otra emoción profunda, incomprensible y sombría que ponía en suspenso su propia turbación, mientras que el indio joven, por su parte, tenía una extraña mirada extática. Y ella, ella solo se sentía completamente extraña y más allá de sí misma, como si aquel cuerpo no fuera el suyo.

Le dieron las nuevas vestiduras: una larga combinación blanca de algodón que le llegaba por las rodillas y una túnica de una tosca lana azul bordada con flores verdes y carmesíes. Se ataba solo por un hombro y llevaba por cinto un fajín trenzado de lana carmesí y negra.

Una vez vestida, se la llevaron descalza como estaba a una casita del jardín cercado. El indio joven le dijo que le darían lo que quisiera, y ella pidió agua para asearse. Se la trajo en una vasija, junto con un gran cuenco de madera. A continuación puso la tranca en la cancela de la casa y la dejó allí prisionera. A través de los barrotes pudo ver las flores rojas del jardín y un colibrí. Desde el tejado del caserón le llegó entonces un prolongado y contundente redoble de tambor que se le antojó sobrenatural en su llamada, al tiempo que una voz sostenida hablaba desde lo alto de la casa en un extraño idioma y con una entonación remota y carente de emoción que parecía articular un discurso o tal vez un mensaje. Y lo escuchó como si proviniera de los muertos.

Pero estaba muy cansada. Se echó sobre un jergón de pieles, se cubrió con la manta de lana oscura y se quedó dormida, renunciando a todo.

Cuando se despertó anochecía ya y el joven indio estaba entrando por la puerta con una bandeja de mimbre repleta de comida: tortillas, papilla de maíz con trozos de carne —cordero, probablemente—, una bebida a base de miel y unas cuantas ciruelas recién cogidas. Le trajo asimismo una larga guirnalda de flores rojas y amarillas anudada en los extremos con brotes azules; tras rociarla con el agua de la vasija se la ofreció con una sonrisa. Se mostraba muy amable y atento, aunque en su cara y en sus ojos oscuros había una curiosa mirada de triunfo y éxtasis que asustaba un poco. El destello había desaparecido de los ojos negros, con sus pestañas negras y curvas, y la observaba en cambio con ese tenue brillo de éxtasis que no era del todo humano, que se le hacía terriblemente impersonal y la inquietaba.

—¿Quiere otra cosa? —le preguntó en aquel tono bajo de voz melodioso y pausado que siempre parecía estar conteniendo, como si le hablara a otra persona aparte o no quisiera que el sonido llegase hasta ella.

—¿Me van a tener prisionera aquí?

—No, mañana podrá pasear por el huerto —le dijo con voz melosa. Siempre aquella solicitud tan extraña...

—¿Quiere beber algo? —le dijo ofreciéndole una pequeña jícara de barro—. Es muy refrescante.

Sorbió el licor con curiosidad. Era de hierbas, estaba endulzado con miel y dejaba un extraño regusto. El joven la observaba satisfecho.

—Sabe raro —comentó.

—Es muy refrescante —repitió él, siempre con los ojos negros posados en ella y estancados en aquella mirada extática y complacida. Acto seguido se fue.

La mujer empezó entonces a sentirse mal y vomitó con virulencia, como si no tuviese control sobre sí misma. Después de eso sintió recaer sobre ella una intensa languidez relajante, sintió las extremidades fuertes, sueltas y lánguidas y se echó en el jergón a escuchar los sonidos de la aldea, a contemplar el cielo que amarilleaba, a oler el aroma a cedro o pino quemado. Podía distinguir con tanta nitidez los ladridos de los cachorros de perro, el arrastrar de pies lejanos, el murmullo de voces; percibía con tanta viveza el olor del humo, y las flores, y la noche cayendo; veía con tanta claridad la única estrella brillante en una lejanía infinita, la que se alzaba sobre un ocaso, que sentía como si tuviese todos los sentidos esparcidos por el aire, hasta el punto de poder distinguir el sonido de las flores nocturnas desplegando sus pétalos y el mismísimo sonido cristalino de los cielos cuando los vastos cinturones de la atmósfera del mundo se deslizaban unos sobre otros, como si la humedad ascendente y la humedad descendente del aire resonasen cual harpa en el cosmos.

Estaba prisionera en la casa y el jardín cercado, aunque apenas le importaba. Pasaron días hasta que cayó en la cuenta de que no había visto a una sola mujer; hombres únicamente: los ancianos del caserón que parecía hacer las veces de templo y aquellos hombres que suponía sacerdotes, pues siempre iban con los mismos colores —rojo, naranja, amarillo y negro— y tenían la misma pose grave y abstraída.

A veces aparecía uno de los ancianos y se quedaba con ella un rato en la habitación, en un silencio absoluto. Ninguno hablaba más lengua que la indígena, salvo el más joven. Los ancianos le sonreían, y en ocasiones permanecían con ella una hora; otras veces le sonreían cuando les hablaba en español, aunque siempre sin respuesta alguna, excepto por aquella sonrisa pausada y aparentemente benévola. Emanaban, además, cierta sensación de solicitud casi paternal. Pero sus ojos oscuros, por el contrario, se cernían sobre ella, y algo tenían en lo más hondo que los hacía inquietantemente feroces e implacables. En cuanto notaban la mirada de la mujer, lo disimulaban con una sonrisa; pero ella les había visto.

Siempre la trataban con aquella extraña solicitud impersonal, esa amabilidad del todo impersonal, como trata el anciano al crío. Sin embargo, ella sentía que por debajo de todo eso había algo más, algo terrible. Cuando el visitante de turno se iba, con sus maneras silenciosas, insidiosas y paternales, se apoderaba de ella un arrebato de pavor, pese a lo que no sabía.

El joven se sentaba y charlaba con ella abiertamente, aparentando un gran candor. Y sin embargo también él le daba la sensación de callar todo lo real; tal vez por ser indecible. Sus grandes ojos oscuros se posaban sobre ella casi con mimo, tocados por el éxtasis, al tiempo que su hermosa y lánguida voz arrastraba un español básico y agramatical. Le contó que era nieto del viejo viejísimo e hijo del hombre del sarape moteado, y que eran caciques, reyes de los días viejos viejísimos, de antes de que los españoles llegasen. Pero él había estado en Ciudad de México, y también en Estados Unidos, donde había trabajado de peón, construyendo carreteras en Los Ángeles; había llegado hasta Chicago.

—¿Y cómo pues no hablas inglés? —le preguntó.

Posó los ojos en ella con una mirada inusitada de doblez y conflicto para al cabo sacudir la cabeza en silencio.

—¿Qué hiciste con el pelo largo cuando vivías en Estados Unidos? ¿Te lo cortaste? —siguió interrogándole la mujer.

Una vez más, con una mirada atormentada, el indio sacudió la cabeza.

—No —dijo en un tono apagado—, me ponía un sombrero y un pañuelo atado a la cabeza.

Y volvió a sumirse en el silencio, como atormentado por los recuerdos.

—¿Eres el único hombre de tu pueblo que ha estado en Estados Unidos? —quiso saber la mujer.

—Sí. Soy el único que se ha ido mucho tiempo. Los otros regresan enseguida, al cabo de una semana. No se quedan, los ancianos no les dejan.

—¿Y por qué fuiste tú?

—Los ancianos querían que fuera... porque algún día yo voy a ser el cacique...

Siempre hablaba con la misma ingenuidad, una candidez rayana en lo infantil. Ella pensaba, no obstante, que podía deberse a su español; o tal vez el mismo acto de hablar se le antojase a él algo irreal. Fuese como fuera, tenía la sensación de que todas las cosas reales se silenciaban.

Iba bastante a ver a la mujer —a veces más de lo que a ella le habría gustado—, como si por alguna razón quisiera estar a su lado. Le preguntó si estaba casado, y él le contestó que sí, con dos hijos.

—Me gustaría ver a tus hijos.

Pero por respuesta solo obtuvo aquella sonrisa, una dulce y casi extática sonrisa sobre la cual los ojos oscuros apenas mudaron su enigmática abstracción.

Era raro, podía pasarse horas y horas con ella, sin tan siquiera intimidarla, y menos intimar con ella. Parecía asexual allí tan quieto y amable y aparentemente sumiso, con la cabeza un poco echada hacia delante y el reluciente río de pelo negro manándole sobre los hombros como el de una muchacha. Con todo, si se paraba a mirarle más detenidamente, veía unos hombros anchos y poderosos, unas cejas negras y proporcionadas, aquellas pestañas cortas y curvadas, de un negro obstinado, sobre los ojos apocados, la fina línea del bigote, como una pelusa, bordeando unos labios gruesos y ennegrecidos, y el mentón fuerte; y la mujer sabía que, de otro modo misterioso, era oscura y poderosamente masculino. Y él, al notar su mirada, la sondeaba con esos ojos oscuros y acechantes que al instante disimulaba con una sonrisa medio apocada.

Los días y las semanas pasaron en una modalidad indefinida de satisfacción. A veces se sentía incómoda, al notar que había perdido el control sobre sí misma.

Ya no era ella la que llevaba las riendas, estaba bajo el hechizo del control de otro. Y por momentos sentía terror y horror. Pero entonces aparecían aquellos indios y se sentaban a su lado, ejerciendo el insidioso hechizo solo con su presencia silente, su silente presencia física, poderosa y asexual. Cuando estaban cerca parecían arrebatarle la voluntad, dejándola abúlica y víctima de su propia indiferencia. Y el joven le llevaba la bebida endulzada, por lo general el mismo bebedizo emético, aunque también a veces de otras clases. Y nada más beber la languidez se apoderaba de sus miembros pesados, sus sentidos parecían flotar en el aire, oyendo, escuchando. Le habían llevado una cachorrilla a la que llamó Flora; y una vez, en el trance de sus sentidos, le pareció escuchar a la perrilla concebir en su útero diminuto, y volverse compleja, preñada. Y otro día llegó a escuchar el inabarcable sonido de la tierra al girar, como el restallido de la cuerda de un arco gigante.

Sin embargo, a medida que los días se hicieron más cortos y frescos, cuando le entraba el frío vivía un repentino renacimiento de su voluntad y un deseo de salir, de irse. Y le insistía al joven: quería salir.

Cierto día, pues, la dejaron subir hasta el tejado más alto del caserón y contemplar desde allí la plaza. Era el día del gran baile, aunque no todos bailaban; las mujeres que llevaban bebés en brazos contemplaban la escena desde los umbrales de las casas. Enfrente, en el otro extremo de la plaza, un gentío se concentraba ante el otro caserón, mientras que un grupo más pequeño y brillante lo hacía sobre el tejado-terraza de la primera planta, delante de los portalones abiertos de la planta superior. Más allá de aquellos portalones abiertos vio un fuego que chisporroteaba en la oscuridad y, alrededor, sin parar de moverse, unos sacerdotes tocados con plumas negras, amarillas y carmesíes y vestidos con mantos a modo de togas en negro, rojo y amarillo, con largos flecos verdes. Un gran tambor tañía con un ritmo lento y regular en el espeso silencio indio. Abajo la muchedumbre esperaba...

Otro tambor empezó entonces a repicar con más fuerza, y por fin rompieron los hombres a cantar una melodía densa y salvaje, como un viento que bramase en un bosque atemporal, muchos hombres mayores cantando en un único aliento, como el viento. Largas hileras de bailarines aparecieron por debajo del caserón. Hombres desnudos con cuerpos bronciáureos y afluentes de pelo negro, matas de plumas rojas y amarillas por los brazos y faldas de frisa blanca con un grueso galón por la cintura bordado en rojo, negro y verde. Se doblaban en dos y estampaban sus pies contra la tierra en su monótono y absorto estampido de la danza y, por detrás, colgándoles del cinturón, una piel de zorro enganchada por el hocico que se balanceaba con el suntuoso balanceo de una hermosa piel de zorro, la punta de la cola contorsionándose por encima de los talones de los bailarines; y detrás de cada hombre, con un elaborado tocado de plumas y conchas y una túnica negra corta por vestido, una mujer que caminaba muy erguida con matas de plumas en ambas manos y contoneaba las muñecas al compás, sin dejar de golpear levemente la tierra con los pies descalzos.

Así se iba desplegando desde el caserón que tenía enfrente la larga hilera de la danza; mientras, del caserón a sus pies, surgía un extraño aroma a incienso y un extraño silencio tenso, hasta que estalló en respuesta el cántico masculino inhumano y se fue desplegando la larga hilera de la danza.

Duró todo el día: la insistencia del tambor, el cavernoso bramido como de tormenta del cántico masculino, el incesante balanceo de las pieles de zorro tras las poderosas y bronciáureas piernas estampantes de los hombres, el sol del otoño vertiéndose desde un cielo azul perfecto sobre los ríos de cabello negro de hombres y mujeres, el valle todo inerte, las paredes de roca más allá, la horrenda mole de la montaña contra el firmamento puro, su nieve apesadumbrada por la blancura tersa.

Pasó horas y horas observando, boquiabierta, como drogada. Y en medio de toda aquella terrible persistencia de redobles y apremiantes y profundos cantos atávicos, y del interminable estampido de la danza de los hombres rabirraposos y el pesaroso paso de las mujeres avitiesas togadas de negro, por fin le pareció sentir su propia muerte, su propia aniquilación. Como si fuera a ser aniquilada de la faz de la vida una vez más. Parecía estar leyendo de nuevo el «mené, mené, tékel y parsin» en los extraños símbolos que descollaban sobre las cabezas de las inmutables mujeres. Su femineidad particular, intensamente personal e individual, habría de ser aniquilada de nuevo, y los grandes símbolos atávicos volverían a descollar sobre la independencia caída de la mujer. La agudeza y la consciencia nerviosa y temblorosa de la fémina blanca de buena raza volvería a ser destruida, la femineidad volvería a ser arrojada a la gran corriente del sexo impersonal y la pasión impersonal. Cosa extraña, como en un presagio, vio preparado el enorme sacrificio. Y regresó a su casita en un trance agónico.

Después de aquel episodio siempre experimentaba cierta agonía cuando escuchaba redobles por la noche y el extraño sonido salvaje y sostenido de los hombres que cantaban alrededor del tambor, cual fieras salvajes aullando a los dioses invisibles de la luna y al sol desaparecido; algo del lloriqueo entre dientes del coyote, algo del ladrido exultante del zorro, de la remota exultación salvaje y melancólica del lobo aullante, del tormento del chillido del puma y de la insistencia del macho humano antiguo y fiero, con sus lapsos de ternura y su ferocidad indomeñable.

En ocasiones subía al tejado cuando caía la noche y se quedaba escuchando el sombrío grupo de jóvenes en torno al tambor en el puente que había pasada la plaza, donde cantaban durante horas. En ocasiones había un fuego, y a la luz de la lumbre hombres con blusones blancos o desnudos salvo por el taparrabos bailaban y estampaban sus pies contra el suelo igual que espantajos, hora tras hora en el frío aire oscuro, en el cerco de la lumbre, sin parar de bailar y estampar los pies como tortugas salvo para dejarse ya caer en cuclillas junto al fuego, echarse una manta por encima y descansar.

—¿Por qué siempre vais todos con los mismos colores? —le preguntó al joven indio—. ¿Por qué todos lleváis rojo, amarillo y negro sobre los blusones blancos y las mujeres van con túnicas negras?

La miró extrañado a los ojos y se le dibujó en la cara la sonrisa apagada y evasiva; por detrás asomaba una malignidad tenue y extraña.

—Porque nuestros hombres son el fuego y el día, y las mujeres son los espacios que hay entre las estrellas por la noche.

—¿Las mujeres ni siquiera son estrellas?

—No. Nosotros decimos que son los espacios entre las estrellas, lo que las mantiene separadas.

La miró con extrañeza, y una vez más se dibujó aquel trazo de burla en sus ojos.

—Los blancos no saben nada. Son como niños, siempre con juguetes. Nosotros conocemos el sol, conocemos la luna. Y decimos que cuando una mujer blanca se sacrifique a nuestros dioses, ellos entonces empezarán a hacer el mundo de nuevo y los dioses del hombre blanco caerán en pedazos.

—¿A qué te refieres con que se sacrifique? —se apresuró a preguntar.

Y él con la misma prisa se encubrió, se encubrió con una sonrisa velada.

—A que sacrifique a sus propios dioses y venga a nuestros dioses, a eso me refería —intentó tranquilizarla.

Pero la mujer no sintió tranquilidad alguna; tenía el corazón transido por una gélida punzada de miedo y certeza.

—El sol está vivo en una punta del cielo, mientras que la luna mora en la otra punta —prosiguió él—. Y el hombre tiene que mantener todo el rato contento al sol en su parte de cielo, y la mujer tiene que mantener a la luna serena en su parte de cielo. Se tiene que dedicar siempre a eso. Y el sol nunca puede ir a la casa de la luna, y la luna nunca puede ir a la casa del sol, en el cielo. Por eso la mujer le pide a la luna que vaya a su cueva, dentro de ella. Y el hombre arrastra el sol hacia abajo hasta hacerse con el poder del sol. Eso es lo que hace todo el rato. Luego, cuando el hombre consigue a una mujer, el sol va a la cueva de la luna y así es como empieza todo en el mundo.

La mujer le escuchaba, mirándole atentamente, como un enemigo observa al que le está hablando con segundas intenciones.

—Entonces ¿por qué vosotros los indios no sois dueños de los blancos?

—Porque el indio se volvió débil y perdió su poder sobre el sol, y los hombres blancos aprovecharon entonces para robar el sol. Pero no lo pueden guardar... no saben cómo. Lo atraparon pero no saben qué hacer con él, como un niño que atrapa un gran oso y no lo puede matar, ni tampoco huir de él. Cuando intenta huir, el oso se come al niño que lo atrapó. Los hombres blancos no saben lo que están haciendo con el sol, y las mujeres blancas no saben qué hacer con la luna. La luna se enfada con las mujeres blancas, igual que un puma cuando alguien mata a sus crías. La luna muerde a las mujeres blancas, aquí dentro. —Se señaló el costado—. La luna se enfada en una cueva de mujer blanca. La india lo ve... Y dentro de poco —añadió— las mujeres indias recuperarán la luna y la guardarán en la serenidad de sus casas. Y los hombres indios se harán con el sol y con el poder sobre todo el mundo. Los hombres blancos no saben lo que es el sol. Nunca saben nada.

Se calmó y se sumió en un curioso silencio exultante.

—Pero —balbuceó ella— ¿por qué nos odiáis tanto? ¿Por qué me odias?

El joven alzó la mirada con el rostro iluminado de repente y una alarmante llama por sonrisa.

—No, nosotros no odiamos —dijo en voz baja y mirándola con un curioso destello.

—Sí que odiáis —insistió, abatida y desesperada.

Y tras un silencio de apenas un instante el indio se levantó y se fue.

III

El invierno había llegado ya al valle alto, con una nieve que se derretía bajo el sol del día y noches de frío extremo. La mujer seguía con su vida, en una especie de aturdimiento en el que notaba cómo iba mermando cada vez más su poder, como si la voluntad la abandonase. Siempre se sentía en el mismo estado relajado, confuso y acorralado, excepto cuando la bebida de hierbas endulzada le entumecía la mente de golpe y relajaba sus sentidos en una especie de agudeza mística intensificada y en una sensación de estar esparciéndose, en un deleite, por la armonía de las cosas. Con el tiempo se convertiría en el único estado de consciencia que reconocía como verdadero: aquella exquisita sensación de desangrarse en la belleza superior y la armonía de las cosas. En esos momentos era capaz de escuchar las mismísimas estrellas mayores del cielo: a través de la puerta las veía y las oía hablar desde su movimiento y su brillantez, le contaban ensoñaciones al cosmos, en su trotar de ondas perfectas, campanas en el suelo del cielo, cruzándose unas con las otras y agrupándose en la danza atemporal, con los espacios de penumbra entre ellas. Y era capaz de escuchar la nieve en un día frío y nublado, cuando gorjeaba y silbaba con desmayo desde el cielo, igual que pájaros que se reúnen en otoño y se despiden de pronto de la luna invisible para deslizarse al instante fuera de los planos del aire, despidiendo calidez y paz. A veces ella misma le pedía a gritos a la nieve suspendida en el cielo que cayera del aire superior. Le gritaba a la luna oculta que olvidase el enfado, que hiciera las paces con el sol oculto, como si fuera una mujer que olvidase un enfado doméstico. Y olía la dulzura de la luna que se relajaba al sol en el cielo invernal, cuando la nieve caía en un relajo apagado y perfumado de frío, a medida que la paz del sol se mezclaba de nuevo en una especie de concierto con la paz de la luna.

Era consciente además del tipo de sombra que recaía sobre los indios del valle, un desconsuelo hondo y estoico, casi religioso en su hondura.

—Hemos perdido nuestro poder sobre el sol y ahora intentamos recuperarlo. Pero se nos muestra indómito y tímido, como caballo huido. Nos queda mucho por delante —así le habló el joven indio con una mirada llena de intención y tirantez en los ojos.

—Ojalá lo recuperéis —respondió, como hechizada, la mujer.

Una sonrisa de triunfo cruzó la cara del joven.

—¿En serio?

—En serio —contestó ella sin poder evitarlo.

—Bueno, pues entonces lo conseguiremos —sentenció el joven, que se marchó exultante.

Tenía la sensación de estar yendo a la deriva hacia algún tipo de consumación, una que no tenía voluntad para evitar, una que, por lo demás, se le antojaba dura y con un terrible final para ella.

Debía de ser casi diciembre, pues los días eran cortos, cuando volvió a ser llevada ante el anciano, y despojada de sus ropas, y tocada por yemas ancianas.

El decano de los caciques la miró a los ojos con sus ojos de negra intensidad, solitaria y remota, y le susurró algo.

—Quiere que haga la señal de la paz —le tradujo el joven mostrándole el gesto—. Paz y adiós para él.

Se sentía fascinada por aquellos intensos ojos negros y vítreos del viejo cacique, que la miraban sin pestañear, como los de un basilisco, y la subyugaban. En lo más profundo también distinguió cierta compasión paternal, y súplica. Se puso la mano delante de la cara, como le habían pedido, e hizo la señal de la paz y el adiós. El anciano le devolvió el gesto y al cabo se hundió entre sus pieles. La mujer pensó que él iba a morir y lo sabía.

Siguió un día de ceremonias, en el que fue llevada al exterior ante todo el pueblo, con un manto azul con flecos blancos por encima y plumas azules entre las manos. Ante el altar de una casa la perfumaron con incienso y la espolvorearon con ceniza. Ante el altar de la casa de enfrente los espléndidos y aterradores sacerdotes de amarillo, carmesí y negro, caripintados de carmesí, volvieron a rociarla con incienso. Al cabo le arrojaron agua encima. Entre tanto, ella apenas era consciente del fuego sobre el altar, del sonido fortísimo de tambores, del sonido fuerte de hombres que empezaban a cantar vigorosos, profundos, salvajes, del vaivén más abajo de la muchedumbre de caras, en la plaza, y de la formación de una danza sagrada.

Pero al mismo tiempo tenía nublada la consciencia ordinaria, percibía sus alrededores inmediatos como sombras, casi inmateriales. Con los sentidos afinados y exaltados, era capaz de oír el aletear de la tierra en su trayectoria, como una flecha en vuelo, el ondeante crujido del aire y el restallido de la gran cuerda del arco. Y le parecía que existían dos grandes influjos en el aire superior, uno dorado hacia el sol y otro de plata invisible; el primero viajaba cual lluvia ascendiendo a la presencia dorada en pos del sol, y el segundo, cual lluvia descendiendo en plata las escalas del espacio hacia las nubes amenazantes, acechantes, sobre la cima nevada de una montaña. Luego, entre ambos, otra presencia que esperaba para desembarazarse de la humedad, de la pesada nieve blanca que se había aglomerado sobre ella. Y en verano, como un águila abrasada, esperaba para sacudirse el peso de los rayos de sol. Y tenía el color del fuego. Y siempre se estaba sacudiendo algo, nieve o calima pesada, como un águila que aletea.

Había después una presencia aún más extraña, observando de pie desde la distancia azul, siempre observando; a veces corría por el viento, otras titilaba en las ondas de calor. El viento azul en persona, que soplaba como lanzado desde las cavidades de la tierra hasta el cielo, que soplaba del cielo para caer en la tierra. El viento azul, el emisario, el espectro invisible que pertenecía a dos mundos, que tocaba las cuerdas ascendentes y descendentes de las lluvias.

Conforme el abandono de su consciencia personal ordinaria iba a más, fue sumiéndose en ese otro estado de consciencia cósmica pasional, como el drogado. Los indios, con su natural religioso, la habían hecho sucumbir a sus visiones.

Solo le había formulado una pregunta personal al joven indio:

—¿Por qué soy la única que va de azul?

—Es el color del viento. Es el color de lo que se va y no vuelve pero siempre permanece, esperando entre nosotros como la muerte. Es el color de los muertos. Y es el color que se mantiene a lo lejos, mirándonos desde la distancia, que no puede estar cerca de nosotros. Cuando nos acercamos, se aleja. No puede estar cerca. Todos llevamos marrón y amarillo, pelo negro, dientes blancos y sangre roja. Nosotros somos los que estamos aquí. Vosotros, con vuestros ojos azules, sois los mensajeros del allende, no podéis quedaros, y va siendo hora de que regreséis.

—¿Adónde? —preguntó.

—A las cosas lejanas como el sol y la madre azul de la lluvia, para decirles que volvemos a ser el pueblo del mundo y que podemos llevar de nuevo el sol a la luna, como un caballo rojo a una yegua azul; nosotros somos el pueblo. Las mujeres blancas se llevaron a la luna de vuelta al cielo y no la dejaron regresar con el sol. Por eso el sol está enfadado. Y la india ha de llevar la luna al sol.

—¿Cómo?

—La mujer blanca tiene que morir e ir como un viento hasta el sol, a contarle que los indios volverán a abrirle la puerta. Y las mujeres indias abrirán la puerta a la luna. Las mujeres blancas no dejan a la luna bajar del coral azul. Antes la luna descendía entre las mujeres indias, igual que una cabra blanca entre las flores. Y el sol quiere descender hasta los hombres indios, como un águila a los pinos. El sol está encerrado detrás del hombre blanco, y la luna, a su vez, está encerrada detrás de la mujer blanca, y no pueden escapar. Están enfadados. El mundo entero está enfadado. El indio dice que le entregará la mujer blanca al sol, para que el astro salte por encima del hombre blanco y regrese con el indio. Y la luna se sorprenderá, verá la puerta abierta y no sabrá por dónde ir. Pero la mujer india llamará a la luna: «¡Ven, ven! Vuelve a mis praderas. La malvada mujer blanca no volverá a hacerte daño». Después el sol mirará por encima de las cabezas de los hombres blancos y verá a la luna en los pastizales de nuestras mujeres, con los Hombres Rojos alrededor, tiesos como pinos. Y entonces saltará por encima de las cabezas de los hombres blancos y vendrá corriendo hasta los indios a través de las píceas. Y nosotros, los que somos rojos, negros y amarillos, los que permanecemos, tendremos el sol a nuestra derecha y la luna a nuestra izquierda. Así podremos traer la lluvia desde las vegas azules, y de más arriba, desde lo negro; y llamaremos cuando queramos al viento que le dice al maíz que crezca, y haremos que las nubes se abran a nuestro antojo y que la oveja tenga corderos por pares. Y rebosaremos poder, como un día de primavera. Para el pueblo blanco, en cambio, será un invierno crudo, sin nieve...

—Pero —le interrumpió la mujer— yo no encerré a la luna. ¿Cómo iba a hacer algo así?

—Sí —replicó el indio—, cerraste la puerta y luego te reíste, creyendo que tenías todas las de ganar.

Nunca lograba entender del todo la manera en que la miraba. La suya era siempre una amabilidad tan extraña, y su sonrisa, tan cordial... Pero luego estaban ese destello en los ojos y esa especie de odio implacable que se destilaba de sus palabras, un raro odio profundo e impersonal. En lo personal ella le gustaba, de eso estaba segura. Era amable y se sentía extrañamente atraído por la mujer, aunque de manera cordial y desapasionada. En lo impersonal, por el contrario, la odiaba con una hiel mística. Podía el indio sonreírle triunfal, pero si al momento ella le miraba sin que él se percatase, vislumbraba ese chispazo de rencor puro en sus ojos.

—¿Tengo que morir y ser sacrificada al sol?

—En algún momento —dijo él, escudándose en una sonrisa—, en algún momento todos morimos.

La trataban bien, eran muy considerados con ella. Hombres extraños por igual, los viejos sacerdotes y el cacique en ciernes la vigilaban y la cuidaban como mujeres. Había algo de femenino en esa forma que tenían cordial e insidiosa de entender las cosas; por el contrario, los ojos, con ese destello extraño, y las bocas oscuras y cerradas, que se abrían en mandíbulas grandes con pequeños y fuertes dientes blancos, tenían algo de virilidad y crueldad primitivas.

Nevaba el día invernal en que la llevaron a una gran estancia en penumbra del caserón. El fuego ardía en un rincón sobre un estrado alzado bajo una especie de campana o dosel de adobe. A la luz de la lumbre vio los cuerpos relumbrantes de los sacerdotes casi desnudos y símbolos extraños por el techo y las paredes de la estancia, que no tenía puerta ni ventana; se accedía a ella por una escalera desde el techo. Y la fogata de pino no paraba de bailar, mostrando unas paredes con extraños artilugios que no lograba comprender, un techo de vigas que formaban un curioso dibujo en negro, rojo y amarillo, y hornacinas o nichos que contenían objetos que no era capaz de distinguir.

Los sacerdotes ancianos estaban celebrando alguna clase de ritual junto al fuego, en silencio, intenso silencio indio. A ella la habían sentado en un poyete de la pared, frente al fuego, con un hombre a cada lado. En ese momento le ofrecieron una jícara con una bebida que tomó con ganas, a sabiendas del semitrance que le induciría.

En la oscuridad y el silencio era perfectamente consciente de todo lo que le iba ocurriendo: le quitaron las ropas y, de pie ante un insólito artilugio colgado de la pared y pintado de azul, blanco y negro, la lavaron de arriba abajo con agua y la infusión de amole; le lavaron incluso el pelo, todo con gran delicadeza, y se lo secaron con trapos blancos hasta que quedó suave y reluciente. Después la tumbaron sobre un jergón bajo otra indescriptible imagen en rojo, negro y amarillo y se dedicaron a frotarle el cuerpo con aceite oloroso, le masajearon todas las extremidades, la espalda y los costados, en un largo y extraño masaje hipnótico. A pesar del increíble vigor de aquellas manos morenas, eran suaves, con una suavidad acuosa que no lograba comprender. Y vio que los rostros morenos que se inclinaban en torno a su cuerpo blanco estaban oscurecidos por pigmento rojo y líneas amarillas por los carrillos. Y los ojos morenos destellaban absortos, mientras las manos trabajaban el lánguido cuerpo blanco de la mujer.

Se mostraban tan impersonales, absortos como estaban en algo que iba más allá de ella. Nunca la habían visto como una mujer persona, de eso estaba convencida. Para ellos se trataba de un objeto místico, cierto vehículo de pasiones demasiado remotas para ser captadas. Sumida en un estado de trance, veía las caras curvándose ante ella, rostros oscuros que relucían con la pintura roja transparente surcada por franjas de amarillo. Y en aquella insólita máscara de oscuro luminoso de una cara viviente, los ojos tenían una inmutable y estática chispa y los labios pintados de púrpura estaban sellados en una gravedad triste, siniestra y total. La inmensa tristeza fundamental, la gravedad de la decisión última, la obsesión de la venganza y el regocijo incipiente de los que van a ganar: todas estas cosas leía ella en sus caras mientras seguía allí tumbada y masajeada en un resplandor brumoso por aquellas manos morenas sobrenaturales. Miembros, carne y hasta los propios huesos parecían por fin esparcirse en una suerte de bruma rosácea sobre la que se cernía su consciencia como el resplandor del sol sobre una nube colorada.

Sabía que el resplandor se iría, que la nube se tornaría gris. Pero de momento no lo creía. Sabía que era una víctima, que todos aquellos preparativos a su alrededor eran los preparativos para convertirla en víctima. Pero a ella no le importaba. Lo quería así.

Cuando acabaron le pusieron una túnica azul corta y la llevaron a la terraza superior para presentarla al pueblo. Vio la plaza a sus pies llena de caras oscuras y ojos destellantes. No había piedad: solo aquel regocijo crudo. Al verla, la muchedumbre ahogó un grito, y la mujer se sintió estremecer. Apenas le importó, sin embargo.

El día siguiente fue el último. Durmió en una estancia del caserón. Al alba le pusieron un gran manto azul de flecos y la condujeron hasta la plaza, entre la concurrencia silenciosa de individuos con sarapes oscuros. El suelo estaba cubierto de una nieve blanquísima, y las oscuras gentes, con sus mantos marrón oscuro, parecían moradores de otro mundo.

Un gran tambor empezó a repicar mientras un sacerdote anciano declamaba desde lo alto de una casa. Sin embargo, la litera no llegó hasta el mediodía, momento en que el pueblo exhaló un grito hondo y animal de lo más conmovedor. En la litera con forma de saco iba el cacique viejo viejísimo, con su pelo blanco trenzado con una cinta negra y grandes piedras turquesas. La cara era un trozo de obsidiana. Alzó las manos a modo de seña y la litera se detuvo ante la mujer. Durante unos instantes clavó sus viejos ojos en ella y le habló con voz cavernosa. Nadie le tradujo nada.

Apareció otra litera y la metieron dentro. Cuatro sacerdotes tocados con plumas emprendieron la marcha en carmesí, amarillo y negro. Siguió entonces la litera del viejo cacique. En ese instante los tambores menores comenzaron a sonar y dos grupos de cantantes rompieron a cantar al unísono, un cántico viril y salvaje. Y los hombres rubiáureos, apenas ataviados con plumas y faldas ceremoniales, los ríos de pelo negro cayéndoles espalda abajo, se dividieron en dos hileras y empezaron la danza. Así fueron abriéndose paso por la plaza nevada, en dos largas y suntuosas líneas de rubiáureo oscuro, y negro, y pieles, que se balanceaban con un ligero tintineo de conchas y piedras y serpenteaban por la nieve entre las dos colmenas de hombres que cantaban en torno al tambor.

Poco a poco fueron saliendo y su litera, con su séquito danzante de refulgentes sacerdotes emplumados, les siguió. Todo el mundo bailaba al paso de la danza, incluso los porteadores. Y dejaron atrás la plaza y los hornos humeantes, senda a través hasta los álamos negros que cortaban el cielo azul como un encaje de plata y plomo, despojados y exquisitos sobre la nieve. El río, mermado, corría entre colmillos de hielo. El ajedrez de huertos cercados estaba todo nevado y las casas blancas parecían ahora amarillear.

El valle entero destellaba hasta decir basta, con esa nieve virgen sobre las paredes de roca vertical. Y por el liso lecho de manto de nieve zigzagueaba la larga hilera de la danza en el movimiento naranja y negro que era su vaivén lento y suntuoso. El repicar de unos tambores graves retronó, y en el aire de hielo cristalino la crecida y el estruendo del cántico de salvajes era como una obsesión.

Se incorporó para mirar más allá de su litera con unos grandes ojos azules arrebatados, bajo los cuales había marcas mortecinas del agotamiento drogado. Sabía que iba a morir, en medio de aquella nieve cegadora, a manos de aquel pueblo salvaje y suntuoso. Y al quedarse mirando el derroche de cielo azul sobre la montaña cuarteada y plúmbea, pensó: «Ya estoy muerta. ¿Qué diferencia hay entre la muerta que soy ahora y la muerta que seré, dentro de nada?». Con todo, sintió desfallecer el alma y palideció.

La extraña procesión siguió su marcha en danza perpetua y a paso lento a través de la llanura de nieve, hasta adentrarse por las laderas de pinos. Vio a los hombres cobrioscuros bailar, siempre adelante, entre los troncos de los árboles cobriclaros. Por fin también ella en su litera se adentró en el pinar.

Siguieron y prosiguieron hacia arriba, a través de la nieve y bajo los árboles, sobre la estela de espléndidos rayos de cobre escamado y claro, el susurro, el vaivén y el paso de la hilera danzante penetrando en el bosque, en la montaña. Fueron bordeando el cauce de un arroyo que estaba seco cual verano, resecado por la gelidez de los manantiales. Crecían bardagueras cobrizas con zarzas desmelenadas, así como pálidos temblones que parecían carne fría contra la nieve; luego, salientes de roca oscura.

Por fin vio con claridad que los bailarines habían detenido el avance. Se fue acercando más y más a los tambores, como a una guarida de animales misteriosos. Al cabo, a través de los arbustos, apareció en un extraño circo. Frente por frente había una gran pared de roca horadada, delante de la cual colgaba una gran lanza de hielo goteante, un colmillo. El hielo se deslizaba por la roca desde el precipicio de arriba para luego quedarse estancado y gotear desde el alto cielo casi hasta la cavidad de roca donde debería haber estado la poza, que estaba seca.

A ambos lados de la poza seca los bailarines habían formado sus hileras y la danza proseguía sin pausa, con la espesura como telón de fondo.

Pero lo que ella sentía era aquel pináculo de hielo invertido y acolmillado que colgaba del borde del oscuro precipicio. Y tras el gran colgajo de hielo vio las figuras de unos sacerdotes que remontaban cual leopardos el collado horadado del barranco hasta la cueva que, cual negra cuenca, abría una cavidad, un orificio hacia la mitad del risco.

Antes de poder darse cuenta, sus porteadores emprendieron la accidentada subida con ella a cuestas. La mujer se vio también tras el hielo, que colgaba allí como una cortina sin extender, colgante como un colmillo gigante. Y poco por encima de ella estaba el orificio de la cueva que se hundía en la oscuridad de la roca; lo contempló mientras subía entre balanceos.

En la explanada de la cueva esperaban con todo su esplendor de plumas y togas con flecos los sacerdotes, que contemplaban el ascenso de la mujer. Dos de ellos se rebajaron a ayudar a los porteadores. Finalmente llegó a la explanada de la cueva, bastante por detrás del fuste de hielo y por encima del circo horadado en la espesura, donde bailaban los hombres y se concentraba en silencio el resto del poblado.

A la izquierda el sol resbalaba por el cielo vespertino. Sabía que era el día más corto del año, y el último de su vida. La pusieron de pie frente a la columna iridiscente de hielo, que caía a cierta distancia en una maravillosa suspensión.

Se dio alguna señal y la danza de abajo paró. Se hizo entonces un silencio absoluto. Le dieron un poco de bebida y acto seguido dos sacerdotes la despojaron del manto y la túnica, y se quedó allí en su extraña palidez, en medio de las togas refulgentes de los hombres, más allá del pilar de hielo, más allá y por encima del pueblo de rostro moreno. Abajo la muchedumbre exhaló un grito hondo y salvaje. Los sacerdotes la giraron entonces para que le diese la espalda al mundo, con la larga cabellera rubia hacia el gentío de abajo, que gritó una vez más.

Estaba de cara al interior de la cueva. Un fuego parpadeaba en las profundidades. Cuatro de los sacerdotes se habían quitado las togas y se habían quedado casi tan desnudos como ella. Eran hombres vigorosos en la flor de la vida que mantenían cabizbajos sus rostros pintados.

Desde el fuego apareció el sacerdote viejo viejísimo con un incensario. Estaba desnudo y en un estado de éxtasis bárbaro. Roció a su víctima al tiempo que declamaba con voz cavernosa. Tras él apareció otro sacerdote sin toga con dos cuchillos de pedernal.

Una vez rociada, la tumbaron en una larga piedra plana y cada uno de los cuatro sacerdotes vigorosos la agarró de una extremidad. El anciano se quedó detrás, como un esqueleto recubierto de cristal oscuro, empuñando uno de los cuchillos y mirando arrebatado el sol; y tras él, de nuevo otro sacerdote desnudo, con el otro cuchillo.

Eran pocas las sensaciones que experimentaba, a pesar de saber perfectamente lo que estaba pasando. Volvió la vista al cielo y vio el sol amarillo: se estaba poniendo. El fuste de hielo era como una sombra entre ella y el astro. En ese momento se dio cuenta de que los rayos amarillos bañaban la mitad de la cueva, aunque sin alcanzar el altar donde estaba el fuego, en lo más apartado de la cavidad con forma de embudo.

Sí, los rayos se arrastraban a su alrededor a paso lento. Cuanto más rojizos, más lejos penetraban. Cuando el sol rubí estuviese a punto de ponerse por completo, brillaría con toda su fuerza a través del fuste de hielo hasta el fondo de la cueva, en lo más profundo.

Entendió entonces que eso era lo que esperaban los hombres. Incluso los que la sujetaban estaban vueltos hacia atrás y clavaban sus ojos negros en el sol con una ansiedad destellante, y conmoción, y ansia. Aunque el cacique decano tenía los ojos como espejos negros fijos en el sol, como los de un ciego, en realidad contenían una respuesta terrible al planeta invernal que enrojecía. Y todos los ojos de los sacerdotes estaban destellantes y fijos sobre la esfera que se hundía, en el silencio de hielo enrojecido de la tarde de invierno.

Estaban ansiosos, una ansiedad horrible, y feroz. Algo deseaba aquella ferocidad suya, y esperaban la hora. Y la ferocidad estaba preparada para saltar en un regocijo místico, de triunfo. Pero, así y todo, estaban ansiosos.

Tan solo los ojos del hombre más anciano no eran de ansia. Negros, y fijos, y como los de un ciego, miraban el sol, viendo más allá del sol. Y en su concentración vacía y negra había poder, un poder intensamente abstracto y remoto, pero profundo, profundo hasta el corazón de la tierra y el corazón del sol. En una quietud absoluta siguió contemplando hasta que el sol rojo le envió su rayo a través de la columna de hielo. Acto seguido el anciano asestó su golpe, justo en el blanco, completó el sacrificio y logró el poder.

El dominio que el hombre debe ostentar, y que pasa de raza en raza.

Índice